LUSTIGES
KLOBUCH
CAMPER

Inhalt

Willkommen im Camping -Klo-Universum!

Egal, ob du gerade im tiefsten Wald sitzt, mitten auf dem Campingplatz thronst oder dich vor dem Abwasch in Sicherheit bringst – dieses Buch ist mehr als nur ein Zeitvertreib. Es ist dein offizieller Eintrittsausweis in die Liga der Toiletten-Legenden, dein Reisepass ins Reich des unnützen Wissens und dein VIP-Ticket für Lachkrämpfe zwischen Chemietoilette und Lagerfeuer.
Hier drin findest du alles, was ein Camper-Herz höher schlagen lässt – und vielleicht auch ein bisschen schneller, wenn die Sanitärschlange wieder länger ist als der Weg zum nächsten Bierstand:

- Unnützes Wissen, das du trotzdem jedem erzählst – ob er will oder nicht
- Rätsel & Quiz, die du lösen kannst
- Kurzgeschichten, die schneller enden als dein Toilettenpapier
- Camper-Insider-Fakten, die selbst der Platzwart noch nie gehört hat

Also: Lehn dich zurück, stell die Füße ins Gras (oder auf den Wassertankdeckel) und mach dich bereit für Geschichten, so schräg wie der Stellplatz von Uwe nach drei Versuchen rückwärts einzuparken.

Dein stilles Örtchen wird zur Comedy-Bühne

Dieses Buch ist nicht nur ein treuer Begleiter auf dem... stillen Örtchen, sondern auch am knisternden Lagerfeuer, in der Hängematte zwischen zwei schiefen Bäumen oder in der endlos langen Warteschlange vor der Sanitäranlage, wenn der Duft von Duschgel und Geduld in der Luft liegt. Es ist dafür gemacht, dir genau in diesen Momenten ein Grinsen ins Gesicht zu zaubern – oder dich so laut lachen zu lassen, dass sich die Nachbarparzelle fragt, ob du schon mit dem Wein angefangen hast.

Vielleicht erwischst du dich beim Lesen dabei, leise zu schmunzeln, unkontrolliert zu prusten oder diesen einen Satz laut vorzulesen, von dem du weißt: „Das muss ich gleich den anderen erzählen.“ In diesem Moment – genau da – hat dieses Buch seine Mission erfüllt.

Also mach's dir gemütlich, lehne dich entspannt zurück und denk daran: Was auf dem Camping-Klo passiert, bleibt auf dem Camping-Klo.

P.S.: Wenn du diesen Satz im Wohnwagen laut sagst, bitte mit ernster Stimme, festem Blick und einer akkurat gefalteten Klopapierrolle in der Hand.

Bonus
Vorbereitung aufs Campen

☐ Zelt (oder wenigstens ne Plane)
☐ Luftmatratze (inkl. Luftpumpe... oder sehr viel Lunge)
☐ Schlafsack (nicht den mit dem kaputten Reißverschluss)
☐ Klopapier (!!!)
☐ Mückenspray (wird sowieso nicht reichen)
☐ Duschmarken (sofern vorhanden... oder wenigstens Kleingeld)
☐ Taschenlampe (mit Batterien... frische... wirklich!)
☐ Grill (oder Stock... oder Optimismus)
☐ Klappstuhl (optional: 2, falls einer zusammenbricht)
☐ Erste-Hilfe-Set (inkl. Pflaster gegen Hering-Unfälle)
☐ Feuerzeug / Streichhölzer (für Lagerfeuer oder romantische Mückenvertreibung)
☐ Gaffa-Tape (für ALLES!)
☐ Kaffee + Kaffeezubereiter (Lebenswichtig!)
☐ Ladekabel / Powerbank (für Instagram... oder Taschenlampe)
☐ Humor (wird spätestens bei Regen dringend gebraucht)

Kapitel 1
Unnützes Wissen für unterwegs

Willkommen in der Welt des unnützen Wissens,
wo selbst ein Maulwurf zum Star wird.
Wusstest du, dass ein Maulwurf an einem
Wochenende einen Tunnel buddeln kann,
der länger ist als eine durchschnittliche Schlange in
Norwegen? Und dabei trägt er auch noch einen kleinen
Bauhelm, damit die Nachbarschaft ihn
als ernsthaften Camper akzeptiert.
Während du noch versuchst,
deine Heringe gerade in den Boden zu rammen,
hat der Maulwurf bereits eine eigene
Grundstücksparzelle angelegt und ein Schild
'Privat - bitte nicht stören' aufgestellt.

Fun Fact #1

Ein Maulwurf buddelt pro Nacht Tunnel in der Länge eines durchschnittlichen Campingplatzes. (Vorausgesetzt, er hat keine Heringe im Weg – und keinen Nachbarn mit Akkuschrauber.)

Fun Fact #2

Die Erfindung des Klopapiers wird dem Chinesen Cai Lun zugeschrieben – im Jahr 105 n. Chr. (Was er wohl gesagt hätte, wenn er unser dreilagiges mit Duft probiert hätte?)

Fun Fact #3

Kaffee wirkt im Sitzen auf dem Klo 40 % schneller. (Das ist Wissenschaft. Oder einfach die Ausrede von jemandem, der sehr lange Zeitung liest.)

Fun Fact #4

Camper in Norwegen dürfen fast überall wild campen – solange sie keinen Elch stören. (Das gilt übrigens auch für den Elch vom Nachbarplatz, besonders wenn er gerade im Vorzelt schläft.)

Fun Fact #5

In Japan gibt es Toiletten, die Musik abspielen, damit niemand hört, was du tust. Camping in Japan wäre also... sehr musikalisch – vermutlich mit eigener Spotify-Playlist fürs Klo.

Fun Fact #6

Schnecken können 3 Jahre schlafen. (Was das mit Camping zu tun hat? Frag mal jemanden, der morgens „nur kurz" das Vorzelt aufbauen wollte und erst zum Abendessen fertig war.)

Unbrauchbares Wissen aber witzig

Merkwürdigkeit #1
In Australien ist es verboten, nach Sonnenuntergang rosa Hosen zu tragen, wenn man Straßenhändler ist. Gute Nachricht: Im Zelt bist du unsichtbar. Schlechte Nachricht: Wenn dich der Platzwart sieht, könnte er Eintritt verlangen – und fragt vielleicht, ob du dafür auch Pommes verkaufst.

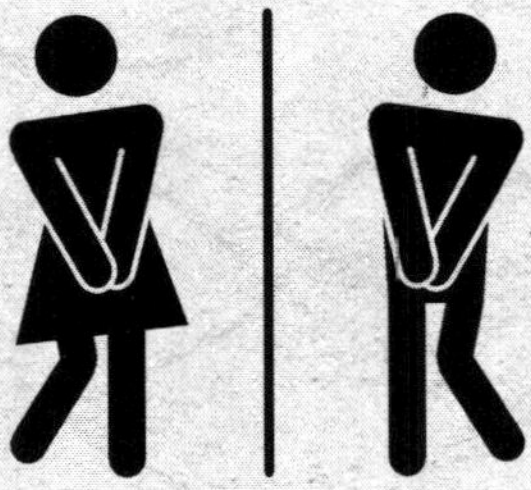

Merkwürdigkeit #2
In der Schweiz gilt: Wer nach 22 Uhr auf dem Klo spült, riskiert Streit mit den Nachbarn.
Unser Tipp: Heimlich morgens spülen oder einfach eine Nachtspül-Challenge starten – wer erwischt wird, bringt Kaffee fürs ganze Camp. Gerüchten zufolge schaffst du es damit ins Camping-Geschichtsbuch.

Klugscheißerwissen für Fortgeschrittene

Das Wort „Camping“ kommt vom lateinischen „Campus“ – also „Feld“. Heißt also: Wer campen geht, geht eigentlich... aufs Feld. Klingt nicht ganz so romantisch wie „Abenteuer in der Wildnis“, aber hey – auf dem Feld gibt’s wenigstens WLAN vom Bauernhof nebenan. Und mit etwas Glück sogar frische Eier direkt zum Frühstück geliefert

.

Der erste tragbare Campingkocher wurde 1892 gebaut – aus einem alten Blechfass und einem Schlauch. Das Ding war entweder revolutionär... oder lebensgefährlich. Vermutlich beides, denn Legenden besagen, dass der Erfinder damit nicht nur Wasser gekocht, sondern versehentlich auch seinen Wohnwagen beheizt hat. Heute gibt es Campingkocher mit Bluetooth und Solarpanels – aber Nostalgiker schwören immer noch auf den guten alten Blechfass-Style.

Dialog: Wenn Camper prahlen

„Ich hab da meine Solarpaneele geputzt – ohne aufzustehen.“

Opa Dieter am Grill

„Wusstet ihr, dass man auf dem Klo bessere WLAN-Verbindung hat als im ganzen Wohnwagen?“

Sven aus Parzelle, 24

„Ich übe da mein Funkspruch-Englisch, falls mich mal ein Elch über CB-Funk anruft.“

Erika

Abschlussgag & Spruch

„Wissen ist Macht.
Unnützes Wissen ist pure Unterhaltung –
besonders, wenn man dabei auf
der Kassettentoilette sitzt.“

Oder wie Camper sagen würden:
„Wenn du beim Pinkeln was lernst, war's ein erfolgreicher Morgen.“
Und wenn du nebenbei die neuesten Trends diskutierst – E-Bike-Stromsparen, Solardusche oder das Dauerbrenner-Thema „Wo ist mein Adapter?“ –, dann kannst du sicher sein: Dein Tag beginnt mit Humor und einem Hauch Camping-Magie.

Kapitel 2
Kuriose Camping-Fakten

Camping ist nicht nur Freiheit, Frischluft und das heroische Gefühl, den Campingstuhl mit einer Hand aufzuklappen – es ist auch eine Welt voller verrückter Rekorde, schräger Regeln und haarsträubender Anekdoten.

Von absurden Gesetzen, die kein Mensch jemals gebraucht hat, bis zu kuriosen Erfindungen, die trotzdem jemand verkauft hat – hier lernst du Dinge, die dich beim nächsten Lagerfeuer automatisch zum „Fun-Fact-Beauftragten" machen.

Und wer weiß – vielleicht rettet dir dieses Wissen sogar mal den Campingurlaub… oder zumindest ein peinliches Gespräch mit dem Platzwart.

Camping-Rekorde weltweit

Größter Wohnmobilkonvoi der Welt: Im Jahr 2019 fuhren in Italien 672 Wohnmobile in Kolonne – und alle verpassten gleichzeitig die richtige Ausfahrt. Man sagt, die Drohne, die das für TikTok filmen sollte, ist bis heute irgendwo in der Toskana unterwegs.

Längster Zelturlaub: Ein Brite lebte 9 Jahre in einem Zelt, „um Strom zu sparen". Wer ihn fragte, ob er Netflix vermisse, bekam zur Antwort: „Nur das WLAN ist schwach – meine Gitarre ist dafür immer voll geladen."

Ungewöhnlichster Campingplatz: Es gibt einen Platz in Belgien mit Pommes-Buden-Lieferdienst direkt ans Zelt. Die wahre Definition von Luxus-Camping! Das Beste: Du kannst per App bestellen, und der Lieferant bringt sogar Mayo – solange du ihn mit einer Stirnlampe anlockst.

Länder mit besonderen Campingregeln

■ Deutschland: Wer nach 22 Uhr noch die Markise kurbelt, läuft Gefahr, von einem Rentner mit Stirnlampe verwarnt zu werden. Neueste Regel: Wer das Vorzelt bei Sturm zusammenklappt, ohne den Nachbarn vorher zu warnen, schuldet ihm am nächsten Morgen einen Kaffee.

■ Schweden (Jedermannsrecht): Du darfst fast überall zelten – aber nur, wenn du nicht in den Garten von IKEA gehst. Moderne Abwandlung: Auch Parkplätze von E-Bike-Ladestationen gelten als tabu, sonst drohen saftige „Elektroknöllchen“.

■ Schweiz: Campen mit mehr als einem Topf auf dem Gaskocher gilt in manchen Gemeinden als „halb stationäres Wohnen“. Schweizer Ordnungsamt versteht keinen Spaß – außer bei Fondue. Wer sein E-Bike im Sanitärgebäude auflädt, muss mit einem Vortrag über alpines Brauchtum rechnen.

Fakten, die kaum einer kennt

Mücken sind echte Camper-Fans: Sie fliegen besonders gern in die Nähe von Zelten mit dem Reißverschluss halb offen, weil du's wieder vergessen hast. Ja, du! Kaum jemand weiß: Die Mücken-App „BiteFinder" ist in Arbeit – sie zeigt dir, wo du am wenigsten gestochen wirst... wenn der Akku noch hält.

Der durchschnittliche Camper besitzt drei Feuerzeuge – und keins funktioniert. Neueste Statistik: 62 % der Camper behaupten, das Feuerzeug sei irgendwo im Vorzelt. Der Rest gibt offen zu, dass es im Kühlschrank liegt, direkt neben dem Bier.

Heringe haben einen geheimen Fluchtinstinkt: Sie verschwinden immer, sobald du sie brauchst. Meist tauchen sie im nächsten Urlaub in einer Socke wieder auf. Ein findiger Ingenieur arbeitet an smarten Heringen mit GPS. Bis dahin hilft nur: mehr Gaffa-Tape.

Dinge, die man nur beim Campen erlebt

– Zähneputzen bei Sonnenuntergang, mit Blick aufs Klohäuschen und einer Mücke auf der Stirn – romantischer wird's nicht.

– Fremde Kinder nennen dich „Opa" – obwohl du 37 bist. Die Korrektur „Camping-Buddy" funktioniert nur bedingt.

– Wildfremde Leute bieten dir Kaffee an – und erzählen dir dann alles über ihre Bandscheibe, ihren Caravan und die Instagram-Followerzahl ihrer Katze.

– Camping: Wo Privatsphäre ein Fremdwort und Freundschaft drei Minuten dauert – meistens bis der Mückenspray-Tausch abgeschlossen ist.

– Du stehst mit der Klopapierrolle unterm Arm vor dem Sanitärhaus, plötzlich stimmt jemand „Wonderwall" an, und zehn Minuten später singt der ganze Platz – barfuß im Pyjama, und keiner weiß, wer der Gitarrist war.

Wahre Aussagen von echten Campern

„Wir haben jetzt Solarstrom, aber kein Brot."

„Der Hund hat die Heringe gefressen."

„Ich war nur kurz draußen pinkeln – jetzt kenn ich die halbe Parzelle 38."

Abschlusszitat
& Klo-Spruch

„Camping ist, wenn man draußen lebt – aber drinnen kackt.“
Oder wie ein echter Camper sagen würde:
„Dusche funktioniert – wenn du kalt magst … und wenn der Platzwart den Boiler nicht gerade für seinen Kaffee benutzt.“
Übrigens: Wer morgens eine Schlange vor dem Waschhaus meidet, indem er sein E-Bike als Badewasser-Erhitzer zweckentfremdet, gilt neuerdings als Trendsetter.
Und wenn du es schaffst, aus deinem Gaskocher und einem Solarpanel einen Jacuzzi zu improvisieren, bekommst du sofort Legendenstatus auf dem Platz.
Am Ende jedes Campingurlaubs küsst du zu Hause deine eigene Toilette – und vermisst trotzdem ein bisschen das leise Surren des Platzstroms.

Kapitel 3
Unglaubliche Camping-Fails

Camping ist Freiheit, Lagerfeuerromantik und Sternenhimmel – bis dein E-Bike über das Verlängerungskabel stolpert und dabei den Strom des ganzen Platzes lahmlegt. Dieses Kapitel widmet sich den kleinen und großen Katastrophen, die selbst erfahrene Camper ins Schwitzen bringen: falsch gesteckte Stromstecker, Zelte, die plötzlich im Sturm abheben, Grills, die zu Raketen werden, und all die Geschichten, bei denen man sich im Nachhinein fragt: „Was hab' ich mir dabei gedacht?" Jede Panne macht dich ein Stück erfahrener – und liefert den besten Stoff für die nächste Lagerfeuer-Anekdote. Also schnapp dir dein Popcorn (oder deine Mückensalbe) und tauche ein in die wunderbare Welt der Camping-Fails.

Klassiker des Chaos

Strom-Fail: Eigentlich willst du dein E-Bike laden, doch statt den richtigen Stecker zu ziehen, erwischst du den Hauptstrom für den ganzen Platz. Plötzlich stehen zwanzig Camper unter der kalten Dusche – und du wirst zum Star in der Campingplatz-WhatsApp-Gruppe.

Zelt-Fail: Du baust das nagelneue Tunnelzelt auf, ignorierst die Anleitung und merkst erst nach zwei Stunden, dass du die Außenhaut von innen montiert hast. Beim ersten Regenschauer verwandelt sich dein Wohnraum in ein Planschbecken. Bonus: Deine Aufbau-Fail-Story geht auf Instagram viral.

Grill-Fail: Der Grill steht schief, du hast ihn mit dem Gaskocher verbunden und brätst fröhlich Würstchen – bis eine Böe kommt und das ganze Gestell wie eine rollende Rakete durchs Vorzelt des Nachbarn fährt. Tipp: Grill immer mit Heringen sichern, sonst wirst du unfreiwillig zum Feuerwerk des ganzen Platzes.

Dialoge aus dem Albtraumcamping

„Schatz, wir haben das Zelt direkt auf dem Ablaufgitter aufgebaut ... ist das Absicht?“ – „Klar, so haben wir wenigstens Fußbodenheizung bei Regen.“

„Hast du das Klopapier eingepackt?“ – „Ich dachte, du hast es ...“ – „Ich dachte, die App wird’s liefern!“ (Spoiler: Tut sie nicht.)

„Da sitzt ein Waschbär im Vorzelt und frisst unsere Chips!“ – „Lass ihn, er will nur unser TikTok-Live verbessern. Wenn er anfängt zu tanzen, film mit!“

Wahre Katastrophenberichte

Chemie-Klo-Chaos: Unser Freund Tom wollte die chemische Toilette leeren – und verwechselte den Ablassknopf mit dem Frischwasserhahn. Innerhalb von Sekunden versprühte er eine Fontäne, die aussah wie ein modernes Kunstwerk und roch wie der dritte Tag eines Festivals. Während er panisch den Gartenschlauch suchte, dokumentierten drei Jugendliche das Spektakel live für ihren Camping-Vlog. Der Clip wurde viral – Tom bekam Autogrammkarten.

Nächtlicher Horror: Anna hat panische Angst vor Spinnen. Nachts im Zelt spürte sie plötzlich etwas Großes an ihrer Hand, kreischte, warf ihren Schlafsack aus dem Zelt und weckte den halben Platz.
Als alle mit Stirnlampen angerannt kamen,
fanden sie den Übeltäter:
den Kordelzug ihrer Kapuze.
Anna lacht heute darüber – und hat sich einen Spinnen-Detektor für Campingplätze bestellt.

5-Punkte-Fail-Checkliste

- Kabel-Check: Prüfe, welches Kabel wohin gehört – bevor du abziehst. Ein falsch gezogener Stecker kann aus dem chilligen Platz spontan ein Kaltwasser-Camp machen
.
- Zelt-Logik: Lies die Anleitung (wirklich!) und prüfe, ob das Zelt richtig herum steht. Eine verkehrte Bodenplane wird beim nächsten Regenschauer zum Swimmingpool.
- Grill-Stabilität: Stell den Grill auf festen Boden und sichere ihn – sonst rollt er zum Nachbarn. Und vergiss nicht: Gaskartuschen leer? Es gibt nichts Traurigeres als rohe Würstchen um Mitternacht.
- Heringe & Hammer: Pack mehr Heringe ein, als du brauchst. Und merk dir, dass ein Wäscheklammern-Hammer keine Heringe in den Boden bringt.
- Klo-Notfall-Kit: Habe immer eine Extra-Rolle Klopapier, Feuchttücher und etwas Humor dabei – für den Moment, in dem die Sanitäranlage überraschend außer Betrieb ist.

O-Töne echter Pechvögel

„Ich wollte nur den Kühlschrank abstecken – und legte den Strom vom ganzen Platz lahm. Jetzt nennen mich alle liebevoll ‚Die Sicherung'."
– Uwe, Parzelle 7

„Mein Zelt ist beim Aufbau so oft zusammengefallen, dass die Nachbarn mir eine Montage-Playlist erstellt haben. Jetzt habe ich wenigstens Rhythmus beim Scheitern."
– Mia, Van-Life-Influencerin

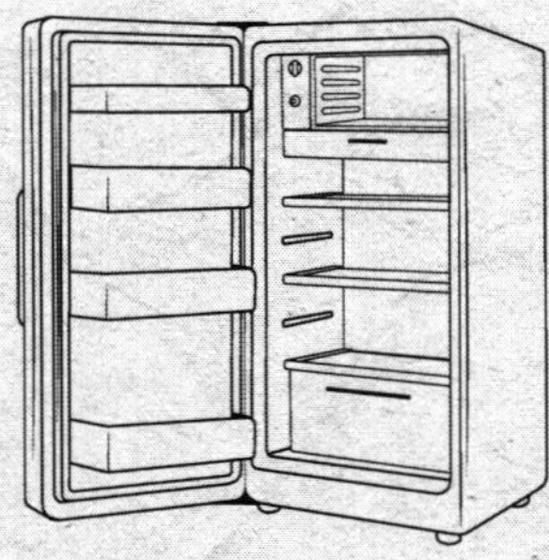

„Ich dachte, der Grill steht sicher ... bis er im Schritttempo zum Nachbarplatz rollte. Der Burger war futsch, aber wir sind jetzt mit Parzelle 12 befreundet."
– Jonas, Wurstliebhaber

Abschluss

Jede Panne erzählt eine Geschichte – und jede Geschichte macht uns zu besseren Campern. Egal, ob du ein Stromkabel, eine Zeltplane oder dein E-Bike falsch angeschlossen hast: Im Nachhinein wird daraus eine Anekdote, die dein Instagram-Feed bereichert und beim nächsten Lagerfeuer für Lachtränen sorgt. Denk daran: „Fail“ steht eigentlich für „First Attempt In Learning“. Lache über dich selbst, teile deine Story, und pass auf dein Verlängerungskabel auf. Das nächste Abenteuer wartet schon – wahrscheinlich hinter dem Abflussgitter.

Kapitel 4
Fun Facts über stille Örtchen

Camping wäre nur halb so spannend ohne die kleinen, oft unbeachteten Orte, an denen die wirklich großen Geschichten passieren:
den stillen Örtchen dieser Welt. In diesem Kapitel reisen wir zu den kuriosesten Toiletten weltweit – von schlangenbewohnten Plumpsklos im Amazonas über skandinavische High-End-Kassettenklos mit WLAN bis hin zu den
Social-Media-Toiletten-Challenges, bei denen man sich fragt, ob irgendjemand noch zum eigentlichen Zweck dort war. Mach dich bereit für Facts, bei denen du garantiert schmunzeln musst – und die du deinem Nachbarn beim Zähneputzen im Waschhaus erzählen wirst.

WC-Wissen weltweit

Japan
Hightech-Klos mit beheiztem Sitz, Musik, Wasserstrahl, Duftfunktion und Trockner. Und du schaffst es trotzdem das Klopapier falsch einzulegen.

Schottland
Es gibt öffentliche Toiletten mit Münzeinwurf
– aber kein Papier.
Quittung? Der Wind.

Australien
In Nationalparks oft nur ein Plumpsklo
– mit Warnschild:
„Schlangen mögen's schattig."
Gute Nachrichten: Danach brauchst du kein Papier mehr. Nur Therapie.

Klosprüche

„Hier pinkeln sogar die Koalas im Sitzen – und sie nehmen sich dafür mehr Zeit als du fürs Frühstück.“

„Wenn’s rauscht, ist’s nicht immer der Wasserfall… manchmal ist es nur der Nachbar mit zu viel Kaffee im Blut.“

„Klopapier vergessen?
Dann viel Glück, Naturfreund –
und hoffentlich
findest du keine Brennnesseln.“

Weitere Länder-Fakten

Italien
Viele Toiletten haben kein WC-Brillen-Unterteil.
Tipp: Beine trainieren – du wirst sie brauchen.

Indien
Toiletten mit Wassereimer statt Spülung.
Und ein Loch im Boden.
Mehr Zen als erwartet.

USA
Die Trennwände der öffentlichen Klos sind unten oft offen.
Perfekt für Smalltalk mit fremden Schuhen.

Fazit

Ob Hightech-Klo, Plumpsklo oder ökologisches Baumhaus – am Ende geht es überall um das Gleiche: einen Moment Ruhe und die Erkenntnis, dass selbst der bescheidenste Ort zum kleinen Abenteuer werden kann. Wenn du das nächste Mal auf dem Camping-Klo sitzt, genieße die Aussicht, schätze die trockene Rolle und denk daran: Jede Toilette hat ihre eigene Geschichte – und du bist gerade mittendrin. Und wer weiß: Vielleicht inspirieren dich diese stillen Momente zu deinen nächsten brillanten Camping-Ideen.

Kapitel 5
Kurzgeschichten vom Klodeckel aus

Manche Geschichten entstehen an Orten, wo man sie nie erwarten würde. Dieses Kapitel präsentiert eine Sammlung kurzer Anekdoten, die auf, über oder neben dem Klodeckel entstanden sind – geschrieben von Campern, die dort über den Sinn des Lebens nachdachten oder einfach den skurrilsten Moment ihres Urlaubs erlebten. Jede dieser Kurzgeschichten ist ein kleiner Blick durchs Schlüsselloch des Camping-Alltags – mit einer Prise Selbstironie und einer Portion Toilettenhumor.

„Der Wasserschaden“

Campingplatz Rügen, Stellplatz 38
Ich wollte nur kurz duschen –
wirklich nur fünf Minuten, höchstens.
Zehn Minuten später schwamm meine Luftmatratze durchs Vorzelt,
begleitet von einem Plastikbecher, der aussah, als hätte er gerade die Titanic überlebt.
Der Grund?
Mein Wasserschlauch hatte sich heimlich vom Duschanschluss gelöst
und beschlossen, den Wohnwagen zu fluten,
anstatt einfach nur mich sauber zu machen.
Meine Frau kommentierte trocken:
„Immerhin glänzt der Boden jetzt wie neu. Sollen wir das jede Woche so machen?“

„Der fremde Grill“

Pfingstwochenende, Mosel
Ich stand am Grill, wendete das Fleisch,
und genoss schon den Duft meines „Meisterwerks“,
als ein Mann mir freundlich zunickte und sagte:
„Guten Appetit!“
Ich nickte stolz – bis mir auffiel:
Das war nicht mein Grill.
Das war sein Grill. Mit seinen Würstchen.
Er grinste nur, reichte mir Senf
und ließ mich trotzdem mitessen.
Seitdem sind wir Facebook-Freunde –
und ich werde bei jeder Grillparty markiert.

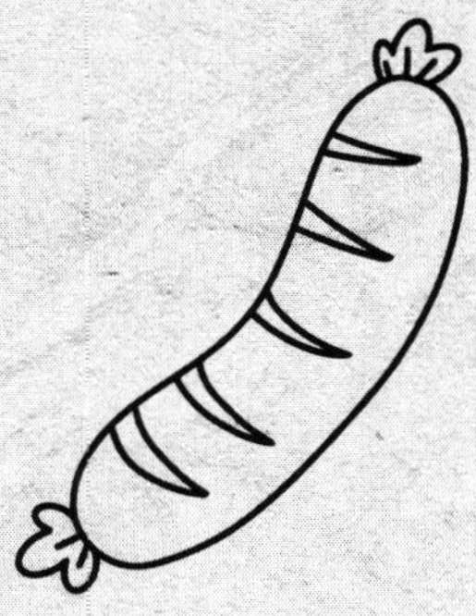

„Das Klokabinen-Dilemma“

Italienischer Campingplatz, 34 °C
Ich betrat die einzige freie Klokabine.
Drinnen: ein Loch im Boden.
Kein Sitz. Kein Papier. Keine Gnade.
Ich dachte an meine Knie.
An meine Würde.
An die letzten drei Tetanus-Impfungen.
Und daran, dass ich beim Balancieren sicher nicht gewinnen würde.
Dazu dieser Duft – eine Mischung aus Chlor, Verzweiflung und 80er-Jahre-Bahnhofstoilette.
Ich ging wieder raus,
nickte den Wartenden entschuldigend zu
und stellte mich lieber nochmal an –
direkt hinter einen Mann mit einer Familienpackung Feuchttücher.
Der grinste wissend, als hätte er den Endgegner des Campings schon besiegt.

„Die Wespe im Vorzelt“

Brandenburg, 7:45 Uhr, Frühstück

Ich hatte gerade Kaffee gemacht, als eine Wespe mein Brötchen angriff.
Ich rannte. Sie hinterher.
Ich stolperte über das Vorzeltseil, stürzte und sah meinen Kaffee in einem eleganten Bogen in der Klapptoilette verschwinden.
Mein Zelt-Nachbar kommentierte trocken:
„So einen Tanz hab ich hier lange nicht mehr gesehen.“
Seitdem nennen sie mich auf dem Platz nur noch „Ballettmeister der Wespenabwehr“.

„Der Klopapier-Tausch“

Österreich, Waldcampingplatz

Ich hatte keins mehr. Gar keins.
Ein Mann in Flipflops reichte mir wortlos eine Rolle – über den Kabinenrand.
Er sagte nur: „Bruder, ich kenn das.“
Dann nickten wir uns zu, als hätten wir gerade einen geheimen Camper-Ehrenkodex bestätigt.
Ich schwöre, ich hätte ihm in dem Moment auch mein letztes Bier gegeben.
Es war einer dieser magischen Momente, in denen Fremde zu Brüdern werden.
Später sah ich ihn am Grill, und wir tauschten nur ein wissendes Lächeln.
Manche Allianzen entstehen nicht beim Bier – sondern beim Klopapier.

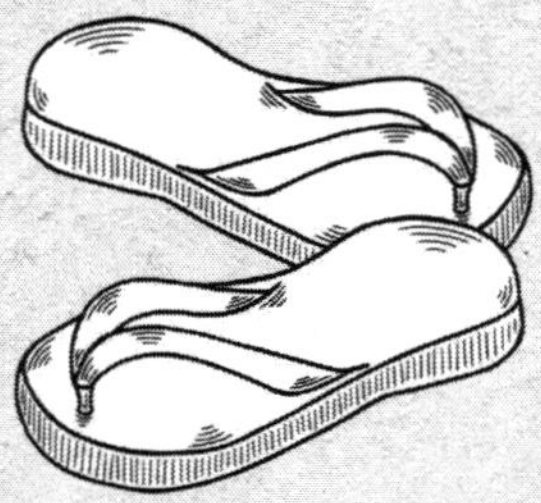

Abschluss

Manche Geschichten sind zu komisch, um erfunden zu sein.
Und zu eklig, um sie zu ignorieren.
Denn eins steht fest: Wer über das Campingklo lacht, lebt länger – und hat garantiert mehr Gesprächsstoff für den nächsten Lagerfeuerabend.
Am Ende ist es wie mit Mückenstichen: unangenehm, aber in guter Gesellschaft halb so schlimm.
Camping ist eben nicht nur Natur, sondern auch Natur pur – manchmal leider zu pur.
Doch genau das macht den Reiz aus:
Geschichten, die man nie vergisst, egal wie sehr man es versucht.
Und wenn man Jahre später darüber lacht, weiß man:
Es war den Gestank wert.

Kapitel 6
Für Denkpausen mit Tiefgang

Hier geht's nicht um Highscore –
nur um Spaß, Augenzwinkern
und ein bisschen Klugscheißerei.

Multiple-Choice Spaß
Camping-Wissen

Was gehört NICHT in ein Camping-WC?
A) Chemieflüssigkeit
B) Klopapier
C) Der Nachbar, der ständig Tipps gibt
D) Wasser

■ Richtige Antwort: C
Aber mal ehrlich... wäre auch mal lustig.

Welche Tiere begegnen Campern besonders oft auf dem Klo?
A) Mücken
B) Spinnen
C) Waschbären
D) Alle drei gleichzeitig

■ Richtige Antwort: D
Und wenn du Pech hast: in EINER Nacht.

Wortsalat: Camping-Toiletten Begriffe

S	W	O	L	K	E	I	M	E	H	C
F	C	K	S	B	G	V	N	C	C	S
L	R	H	Z	M	Z	P	U	G	P	A
X	O	H	L	Y	I	Q	F	Ü	J	O
G	L	W	X	A	J	M	L	I	I	Q
M	L	Q	Y	V	F	K	A	E	C	R
F	E	V	H	J	N	S	Z	J	W	J
H	G	Z	Y	O	P	Z	A	E	L	R
O	O	M	P	R	P	G	D	C	T	Y
F	A	F	F	V	Z	R	R	Y	K	S
D	U	S	C	H	M	A	R	K	E	N

CHEMIEKLO - WCROLLE - DUSCHMARKEN
SPÜLKNOPF - SCHLAFSACK

Scherzfragen mit Klo-Logik

Was ist schlimmer als kein Klopapier?
→ Kein Klopapier, eine Schlange vor der Tür – und der Erste in der Schlange hat schon eine Zeitung unterm Arm.

Warum braucht der Camper einen Klappspaten?
→ Weil Mutter Natur kein WC gebaut hat... und der Platzwart keinen Humor.

Was macht ein Camper, wenn das Klopapier leer ist?
→ Er denkt kreativ – und überlegt kurz, ob die Rechnung vom Campingplatz-Bäcker weich genug ist...
...oder ob die Serviette vom Grillabend noch irgendwo in der Hosentasche steckt.

Mini-Logikrätsel

Der Klo-Schlüssel-Rätselspaß:

-> Drei Camper teilen sich EINE Toilettenschlüssel.
-> Uwe geht immer um 7 Uhr.
-> Sabine immer direkt nach Uwe.
-> Thomas geht nur, wenn Sabine fertig ist.

Wann hat Thomas vermutlich seine Ruhe?

■ Lösung: Nie.
Denn Sabine und Uwe quatschen immer vor der Tür.

Klo-Kreuzworträtsel

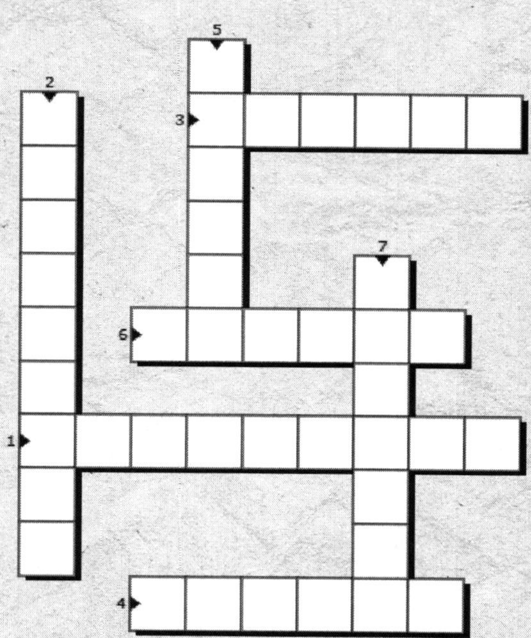

1. Das wichtigste Accessoire auf dem Campingklo
2. Hier sitzt man gern... oder auch nicht
3. Das Geräusch beim Luftablassen der Isomatte
4. Wird in der Campingdusche grundsätzlich nie warm
5. Lebewesen, das IMMER in der Toilettenkabine sitzt
6. Beliebtes Gesprächsthema auf dem Campingplatz
7. Womit befestigt man das Vorzelt - außer mit Flüchen

Seite 45 Antworten und Abschluss

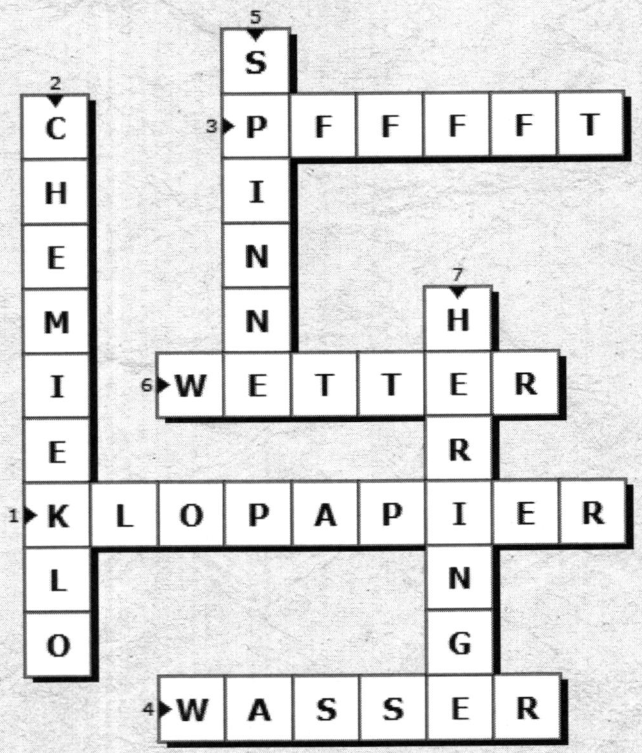

„Wer auf dem Campingklo
nicht über sich selbst lacht,
hat schon verloren.“

Kapitel 7
Die besten Gespräche

Wer campt, bekommt immer was auf die Ohren: Schlaue Tipps, schlechte Witze, dubiose Rezepte und ungefragte Lebensratschläge.
Hier wird über alles geredet – vom Wetterbericht bis zur besten Methode, Mücken zu ignorieren.
Herzlich willkommen bei den Top-Sprüchen aus der Vorzelt-Szene – der einzigen Talkshow ohne Kamera, aber mit garantiertem Publikum aus Klappstühlen.
Und keine Sorge: Selbst wenn du nichts zu sagen hast, wirst du trotzdem in ein Gespräch verwickelt.
Irgendjemand kennt garantiert jemanden, der genau dein Problem schon mal hatte – nur schlimmer.
Und am Ende gehst du mit einem neuen Grillrezept und drei Telefonnummern, die du nie anrufen wirst.

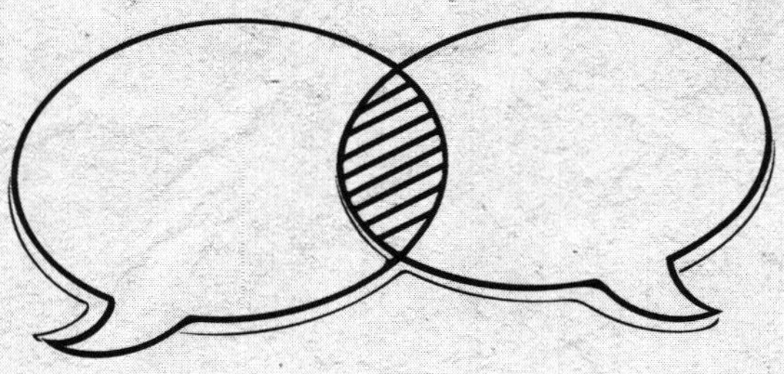

„Originalplatz–Gespräche“ – Mitten aus dem Leben

Dieter:
„Wenn’s draußen blitzt, geh ich sicherheitshalber aufs Klo. Da bin ich geerdet.“
Sven:
„Ich dachte, du gehst da nur zum Zeitunglesen hin.“
Erika:
„Ich geh da hin, wenn ich meine Ruhe will.
Was... offensichtlich auch nicht klappt.“

Camperin beim Frühstück:
„Weißt du, wo mein Mann ist?“
Antwort:
„Im Sanitärgebäude. Level 3 – Endgegner:
kaltes Wasser.“

Junger Camper:
„Wieso hat eigentlich JEDER hier einen Klapptisch
... außer wir?“
Seine Freundin:
„Weil du gesagt hast: ‚Ach, brauchen wir nicht.‘“
Spoiler: Sie brauchten ihn doch.

Fiktive Platzdurchsagen

„Achtung an alle Parzellen!"
„Wer heute Nacht um 2 Uhr versucht hat, sein Vorzelt bei Windstärke 8 aufzubauen – Respekt... aber bitte lass es morgen bleiben. Wir haben immer noch zwei Sonnenschirme in den Bäumen. Außerdem sucht Parzelle 27 immer noch ihre Luftmatratze, die seitdem auf Reisen ist."

„Durchsage des Tages:"
„Der Besitzer des pinken Klappstuhls wird gebeten, ihn aus der Herrentoilette zu entfernen. Der Stuhl sieht traurig aus... und der Herr von Parzelle 12 auch. Übrigens: Wer den Klappstuhl mit Glitzerlack versehen hat, darf sich gern bei der Platz-Deko melden."

„Kurze Info vom Platzwart:"
„Die Katze, die seit gestern im Waschhaus wohnt, heißt jetzt offiziell ‚Gertrud', hat eine eigene Futterschüssel und übernimmt ab morgen die Nachtruheaufsicht. Außerdem hat sie heute Morgen drei Mücken gefangen – wir erwägen eine Beförderung."

Typische Camper-Nachrichten

Ich:
„Kann ich mir eure Heringe leihen?“
Parzelle 19:
„Klar. Liegen direkt neben dem Mückenspray ... wenn du sie findest. Und falls nicht: Wir haben noch eine Wäscheleine, die hält auch. Aber wehe, du benutzt meine pinken Wäscheklammern.“

Ich:
„Wo gibt’s hier eigentlich Frischwasser?“
Parzelle 21:
„Hinter dem Waschhaus... aber nur bis 18 Uhr. Danach kommt nur noch Hoffnung. Und manchmal ein leichter Chlor-Geruch – das ist dann der Pool.“

Ich:
„Wer hat den Stromadapter?“
Parzelle 17:
„Wahrscheinlich der gleiche, der auch dein WLAN klaut. Und wenn er nett ist, lädt er dir wenigstens den Akku auf. Falls nicht – schick ihm ein Bild deiner leeren Powerbank, das wirkt.“

Camper-Stammtisch
Weisheiten und Halbwissen

„Wetterbericht? Guck einfach auf Dieters Knie. Wenn's knackt, kommt Regen. Wenn's zweimal knackt, gibt's Sturm – oder Dieter braucht einen Arzt."

„Wenn du beim ersten Versuch kein Loch für den Hering findest – mach einfach ein neues. Bonuspunkte, wenn du dabei nicht in das Abwasserschlauch-Loch vom Nachbarn triffst."

„Camping: Wo Nachtruhe heißt, dass die Leute leise Bier trinken. Und der Satz ‚Mach mal leiser!' nur bedeutet, dass der Nachbar mittrinken möchte."

„Jeder hat hier einen Gasgrill. Keiner weiß, wie er funktioniert. Aber alle wissen, wie man stundenlang darüber diskutiert, ohne ihn jemals anzuzünden."

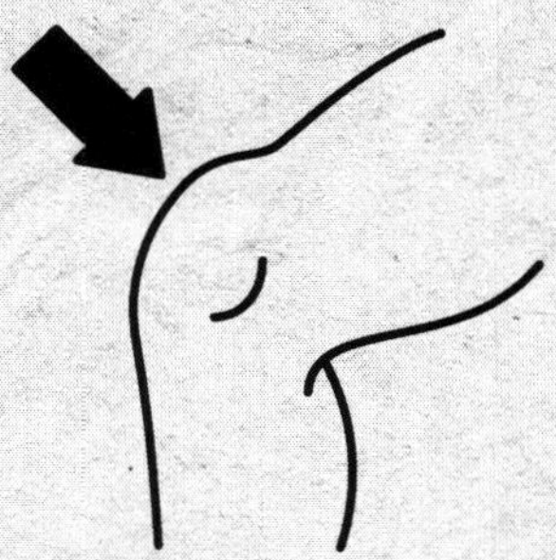

Kleine Dialogschnipsel

„Gibt's hier WLAN?"
„Ja. Irgendwo zwischen
Hoffnung und Verzweiflung."

„Ich hab die Wäscheleine gefunden... sie hing
am Wohnwagen... beim Losfahren."

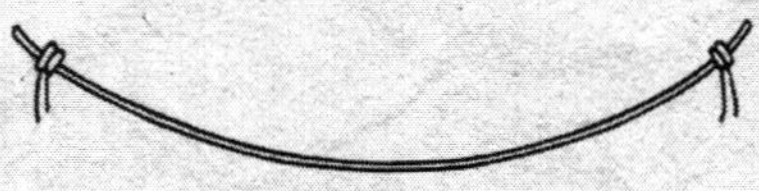

„Wieso quietscht eigentlich unser Luftbett?"
„Weil es keine Lust mehr auf Camping hat."

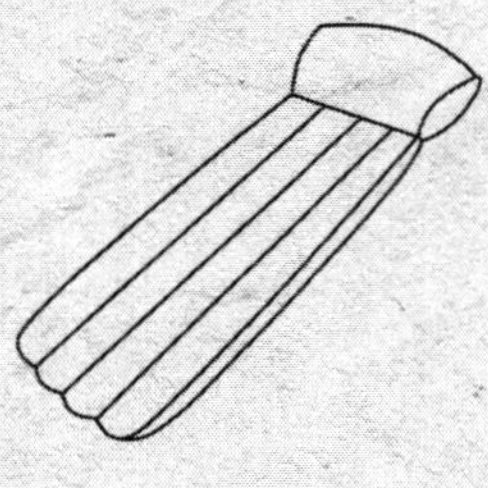

Abschluss

„Camping ist, wenn der Nachbar weiß, wann du aufs Klo gehst – noch bevor du's selbst weißt. Und er dich später mit einem wissenden Nicken begrüßt."
Oder wie Gertrud, die Waschhaus-Katze, sagen würde:
„Ich habe alles gesehen. Und trotzdem bleib ich hier. Schließlich ist hier das Unterhaltungsprogramm kostenlos."
Manche sagen, Camping sei Freiheit. Andere sagen, es sei ein Abenteuer. Gertrud sagt: „Es ist mein Revier – und ihr seid nur zu Gast."
Und während ihr euch über Mücken, enge Duschen und den fehlenden WLAN-Empfang beschwert, sitze ich hier auf der Fensterbank.
Ich schaue zu, wie der Wind euer Vorzelt zerlegt.
Und denke: „Noch ein perfekter Tag im Paradies."

Kapitel 8
Top 10 Listen mit Zelt-Charme

Ob Must-Have, No-Go oder
„Hätt ich mal vorher gewusst“:
Hier kommt die volle
Camping-Listen-Ladung!

Top 10: Die nervigsten Geräusche auf dem Campingplatz

1. Luftmatratze beim Drehen

2.Nachbars Kind auf dem Bobbycar – um 6 Uhr morgens

3.Der eine Typ mit der Gitarre und nur 3 Akkorden

4.Klappstuhl quietscht beim Hinsetzen

5.Mücken – immer am Ohr

6.Schnarchen aus dem Nebenzelt

7.Wespenschwarm beim Frühstück

8.Gasflasche, die leer wird – mitten beim Grillen

9.Hund bellt... und bellt... und bellt

10.Der legendäre „Zelt-Reißverschluss um 3 Uhr nachts“

Top 10: Dinge, die du IMMER vergisst

1. Klopapier

2.Feuerzeug

3.Duschmarken

4.Dosenöffner

5.Wäscheklammern

6.Campingkocher-Bedienungsanleitung

7.Mülltüten

8.Taschenlampe (funktionierend!)

9.Heringe

10.Den einen wichtigen Adapter, der alles lahmlegt

Top 10: Gründe, warum der Nachbar immer cooler wirkt

1.Besseres Vorzelt

2.Größerer Grill

3.Seine Lichterkette blinkt

4.Hat immer Bier dabei

5.Kennt den Platzwart beim Vornamen

6.Kann Lagerfeuer machen

7.Spielt keine Gitarre... aber wenn, dann gut

8.Hat WLAN

9.Ist schon seit 20 Jahren hier

10.Sieht sogar beim Mückenjagen souverän aus

Top 10: Dinge, die du im Campingklo lieber NICHT anfassen willst

1.Den Boden (barfuß)

2.Die Türklinke (nach Starkregen)

3.Die Klobürste (selbsterklärend)

4.Die Decke über der Tür (Spinnenland!)

5.Die Papierrolle (wenn sie nass ist)

6.Den Wassereimer in der Ecke

7.Das „etwas" hinter dem Toilettenhäuschen

8.Die Lüftungsklappe (mitten in der Nacht)

9.Den fremden Kulturbeutel auf der Ablage

10.Den Lichtschalter… mit der Hoffnung,
es war kein Mückenspray

Abschluss: Offene Checkliste

Was fehlt deiner Meinung nach in dieser Liste?“

Kapitel 9
Klo-Philosophie für zwischendurch

Wer sagt, dass man für große Gedanken einen großen Ort braucht?
Manchmal reicht eine enge Kabine, ein schwacher Lichtschein und das entfernte Klappern einer Toilettentür.
Hier entstehen die wahren Camper-Weisheiten – fernab von WLAN, aber nah an der Wahrheit.
Hier ein paar Gedanken direkt vom stillen Örtchen, wo sogar Karl Marx nachdenklich nicken würde.
Denn wer lange genug auf der Brille sitzt, weiß:
Irgendwann kommt immer eine Eingebung... oder der nächste in der Schlange.

Toiletten-Weisheiten mit Camping-Flair

„Das Leben ist wie ein Camping-WC:
Man muss sich vorher überlegen, womit man es füllt –
und hoffen, dass der Kassettentank groß genug ist.“

„Wer morgens vor dem Waschhaus Schlange steht,
weiß den Luxus eines eigenen Badezimmers erst
richtig zu schätzen –
vor allem, wenn die Dusche im Waschhaus auf
'arktisch' eingestellt ist.“

„Jeder furzt im Schlafsack.
Nur die Ehrlichen geben es zu –
und die ganz Ehrlichen lüften danach.“

Die große Camper-Denkpause

„Wenn der Himmel grau ist, das Zelt
nass und das Klopapier leer...
dann weißt du: Du bist am Leben.“

„Freiheit bedeutet:
Mit dem Klopapier unterm Arm
durch den Regen zum
Sanitärhaus zu rennen.“

Wer im Leben weiterkommen
will, muss manchmal auch
durch Matsch laufen.

Stammtischphilosophie vom Platznachbarn

„Wenn's tropft, isses Wetter.
Wenn's plätschert, war's der Nachbar."

„Der Weg zur Toilette ist wie der Weg zum Erfolg: Lang, steinig und voller Hindernisse."

„Solange der Kaffee warm und das Klo erreichbar ist, kann mich die Welt mal."

Gedanken, die man nur auf dem Campingklo hat

Wieso habe ich mir eigentlich ein weißes Vorzelt gekauft?

Brauche ich wirklich all diese Heringe?

Wie viele Mücken passen in eine Klokabine?

Wer war eigentlich vor mir hier drin... und warum riecht es nach Grillanzünder?

Abschluss

„Wer auf dem Campingplatz nicht lachen kann,
muss entweder abreisen oder mal ordentlich aufs Klo.
Denn wer die kleinen Katastrophen mit Humor nimmt,
hat doppelt so viel Urlaub – und halb so viel Stress.
Mal ehrlich: Die besten Lagerfeuergeschichten
beginnen selten mit ‚Alles lief nach Plan‘.
Und genau diese Pannen machen den wahren Charme aus –
denn perfekt ist langweilig, aber Chaos wird unvergesslich.“

Kapitel 10
Camping vs. Zelten – Wer gewinnt?

Zwei Welten. Zwei Philosophien.
Ein gemeinsames Ziel: Irgendwie überleben –
und dabei halbwegs trocken bleiben.
Hier kommt der ultimative Vergleich.
Mit einem Augenzwinkern...
und einem halben Hering.
Denn am Ende zählt nicht, ob du im Luxus-Camper schläfst
oder im klammen Zelt liegst –
sondern ob du am Morgen genug Kaffee hast,
um den Tag zu überstehen
und dich später am Lagerfeuer über die Pannen amüsieren kannst.

Du bist ein Zelter, wenn... (Top 7)

1. ...du morgens vom Reißverschlussgeräusch deines Nachbarn wach wirst.

2. ...du eine Isomatte für Luxus hältst.

3. ...du bei Regen IM Zelt die Schuhe ausziehst... und trotzdem nasse Socken hast.

4. ...dein Kissen aus einer zusammengefalteten Fleecejacke besteht
.

5. ...du bei jedem Geräusch nachts denkst: „Wildschwein!“

6. ...du schon mal überlegt hast, ob Müllsäcke als Regenjacke taugen.

7. ...du beim Anblick eines Wohnmobils leise „Angeber“ murmelst.

Du bist ein Wohnmobil-Camper, wenn... (Top 7)

1. ...du eine Kaffeemaschine an Bord hast, die mehr Strom frisst als der ganze Zeltplatz.

2. ...deine Campingstühle bequemer sind als das Sofa zu Hause.

3. ...du eine Markise besitzt – mit LED-Beleuchtung und Fernbedienung.

4. ...du beim Duschen nicht an Duschmarken denken musst... sondern nur an den Frischwassertank.

5. ...deine Kinder fragen: „Papa, warum campen wir nicht mal richtig?“

6. ...du beim Anblick von Zeltern mitleidig lächelst... und ins Trockene gehst.

7. ...du mehr Zeit in der Sat-Anlage-Einstellung verbringst als in der Natur.

„Kampf der Giganten“ – Mini-Dialoge

Zelter:
„Wir sind eins mit der Natur!“
Camper:
„Ich auch. Letzte Woche hab ich
Netflix draußen geschaut.“

Zelterin:
„Unsere Dusche ist der Bach hinterm Platz.“
Camper-Opa:
„Unsere Dusche hat 3 Programme…
und eine Sitzheizung.“

Zelter:
„Wir brauchen keinen Strom!“
Camper:
„Ich auch nicht…
solange die Powerbank voll ist.“

Typische Probleme im direkten Vergleich

Situation	Zelter	Camper
Regen	Alles nass. Immer.	Nur der Teppich an der Tür.
Mücken	Im Zelt. IMMER.	An der Scheibe. Von außen.
Frühstück	Auf dem Boden sitzend, mit Plastiklöffel	Am Tisch, mit Porzellangeschirr
Toilettengang	300 Meter Fußmarsch mit Klopapierrolle	3 Schritte nach hinten
Kochen	Gaskocher auf klapprigem Tisch	3-flammiger Herd mit Dunstabzug
Einschlafen	Nach 30 Minuten „Wer liegt auf meiner Matte?“	Nach 30 Minuten Netflix

Fazit mit Augenzwinkern

Am Ende bleibt nur eine Wahrheit:
Egal ob mit Vorzelt oder ohne...
... jeder muss mal aufs Klo.
Und genau da treffen sich Camper und Zelter –
Seite an Seite... mit Klopapier unterm Arm.
Manchmal mit einem freundlichen Nicken,
manchmal mit einem mitleidigen Blick,
wenn der andere gerade merkt, dass das Papier alle ist.
Und spätestens, wenn beide gleichzeitig feststellen,
dass die Toilettentür klemmt,
entsteht diese besondere, unausgesprochene
Solidarität,
die nur Campingmenschen kennen.
Denn am Ende teilen wir nicht nur den
Sonnenuntergang,
sondern auch die Schlange vor dem Sanitärhaus –
und das ist irgendwie auch ein bisschen schön.

Kapitel 11
Camper-Witze und Wortspiele

Wer lacht, muss nicht spülen.
Hier kommt die volle Ladung Campinghumor –
unterschwellig schlecht, aber genau deshalb gut.
Ein paar Witze, die schon in unzähligen Vorzelten
erzählt wurden,
manchmal zwischen zwei Grillwürsten,
manchmal mitten in der Nacht bei
Taschenlampenlicht.
Humor, der so flach ist,
dass man damit fast das Vorzelt abspannen könnte –
und trotzdem lacht jeder,
weil beim Campen die Latte für guten Humor
ungefähr so hoch hängt wie das Handtuch im
Waschhaus.
Also anschnallen, Klopapier bereithalten
und nicht wundern, wenn es zwischendurch mal leicht
riecht –
das gehört alles zum Erlebnis dazu.

Flachwitze für Fortgeschrittene

Warum nehmen Camper immer Klopapier mit auf Wanderung?
→ Weil der Weg manchmal steinig… und manchmal „zu scharf gewürzt“ ist.

Was sagt der Camper, wenn er nachts im Zelt ein Knacken hört?
→ „Wenn's ein Bär ist… hoffentlich klimaneutral.“

Warum haben Camper immer Gaffa-Tape dabei?
→ Weil es alles zusammenhält. Sogar den Livestream mit schlechtem WLAN.

Treffen sich zwei Heringe…
→ Sagt der eine: „Ich steck fest – wie mein Flug nach Mallorca im Sommerchaos.“
Sagt der andere: „Ich auch… aber wenigstens ohne Verspätung.“

Warum bringt der Camper jetzt immer Powerbanks mit?
→ Damit er im Notfall den Mücken seine Netflix-Serie zeigen kann – vielleicht schlafen sie dann ein.

Wortspiele rund ums Campen

Zelt dich nicht so an!

Ohne Klopapier läuft hier nix!

Grill first, Fragen später.

Sitzung mit Aussicht.

Wer braucht WLAN? Ich hab Nachbarn mit Geschichten.

Camping: 1000 Sterne... und 1 Stern für die Sanitäreinrichtungen.

Lagerfeuer-Lacher: Die besten One-Liner vom Platz

„Camping ist der Zustand zwischen Ankunft, Reparatur – und dem verzweifelten Googeln nach ‚wie baue ich ein Vorzelt auf'."

„Wenn es draußen stürmt, weißt du: Dein Zelt liebt Abenteuer... und du liebst ab jetzt Wetter-Apps."

„Gaskocher: Der einzige Herd, bei dem Angst ein wichtiger Teil des Kochrezepts ist – gleich nach Dosenravioli."

„Die Campingplatzdusche: Der Ort, an dem du nie weißt, ob das Wasser warm ist oder nur Mücken mit Dampf arbeiten."

„Camping: Wo du lernst, mit wenig auszukommen – außer bei Bier. Da herrscht Überflussmanagement."

„Ein Camper erkennt man daran, dass er mehr Zelthaken als saubere Socken dabei hat."

Der legendäre Camping-Kalauer-Mix

„Warum nehmen Camper keine Matheaufgaben mit ins Zelt?“
➜ „Weil die Lösung immer irgendwo im Winkel liegt – oder im Vorzelt, das keiner findet.“

„Was macht ein Camper, wenn’s draußen regnet?“
➜ „Drinnen frieren… und den Wetterbericht verfluchen.“

„Warum sind Camper die besseren Philosophen?“
➜ „Weil sie über alles lange nachdenken… meistens auf dem Klo – und manchmal mit Blick aufs Mückennetz.“

„Wie nennt man es, wenn Camper abends gemeinsam trinken?“
➜ „Vollzelt – mit Happy Hour, sobald einer den Flaschenöffner findet.“

„Warum nehmen Camper immer eine Powerbank mit?“
➜ „Damit sie das Zeltlicht fünf Minuten länger suchen können.“

Bonus: Typische „Papa-Witze“ vom Campingplatz

„Weißt du, warum ich beim Camping so gut schlafe?
Weil mein Humor genauso
flach ist wie meine Luftmatratze!“

„Ich wollte nur kurz Wasser holen…“
… und kam drei Gespräche und zwei Bier
später zurück.“

„Wenn’s heute regnet, sparen
wir wenigstens Sonnencreme.“

„Warum brauchen wir eine Taschenlampe?
Damit wir im Dunkeln besser sehen,
wie wenig wir vorbereitet sind.“

„Wenn der Grill nicht anspringt, dann…
…liegt’s nicht an mir.
Sondern an der Grill-Götter-Verschwörung!“

„Du weißt, dass es Camping ist, wenn…
…du morgens mehr Mückenstiche hast als gute Laune.“

Abschluss-Spruch

„Camper-Witze sind wie Campingstühle:
Klappen schnell zusammen –
und halten trotzdem irgendwie.
Manchmal wackeln sie, aber genau das macht den Charme aus.
Und wenn einer zusammenbricht,
dann wird er eben mit Kabelbindern oder Gaffa wieder repariert –
und man sitzt trotzdem weiter drauf.“
Oder wie Dieter sagt:
„Lachen ist die beste Spülung –
und spart am Ende sogar Wasser.
Außerdem hält es warm,
wenn man abends frierend vorm Zelt sitzt
und der Gasgrill mal wieder nicht funktioniert.“

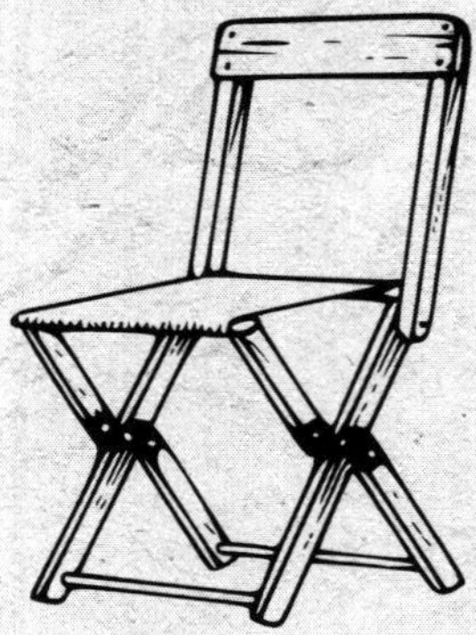

Kapitel 12: Tierisch gut – Begegnungen auf vier Pfoten

Camping heißt Natur erleben.
Manchmal mehr, als dir lieb ist – und oft genau dann, wenn du es am wenigsten erwartest.
Vom neugierigen Igel, der nachts am Vorzelt raschelt, über die Ente, die ganz selbstverständlich im Waschhaus duscht,
bis zur Maus, die glaubt, dein Proviant sei ein All-you-can-eat-Buffet.
Hier kommen die schönsten und skurrilsten Momente zwischen Mensch, Tier...
und völliger Hilflosigkeit – mit einer Prise Respekt und einer Portion Humor.

Tierische Anekdoten: „Wenn's raschelt, ist's zu spät"

„Der bellende Wecker"
6 Uhr morgens.
Klaus, der Dackel vom Nachbarplatz, bellt sich warm.
Die ganze Parzelle ist wach.
Selbst die Spinne im Vorzelt gibt auf und zieht um.

„Der Waschbär-Großangriff"
Mitternacht. Kühltasche.
Ich dachte: Einbrecher!
War: Waschbär.
Er hat die Brötchen geklaut… und die Nutella.
Und ich? Stand in Boxershorts daneben
und hab zugeschaut.
Moral der Geschichte: Immer zuerst retten,
was schokoladig ist.

„Die Klokabinen-Spinne"
Größe: Basketball.
Farbe: Todesangst.
Fundort: Direkt über der Tür.
Ich hab mich entschieden:
Lieber 500 Meter zum nächsten Busch als DAS Risiko.

Camping-Fun-Facts: Tieredition

Mücken-Fact:
Offenes Zelt? Für sie ist das wie ein 5-Sterne-Hotel mit Blutbar.
Anti-Mücken-Spray? Für manche nur eine exotische Marinade.
Dein Blut? All-you-can-eat-Buffet – mit Live-Musik direkt am Ohr.

Igel-Fact:
Sie erscheinen IMMER nachts.
Meistens genau dann, wenn du barfuß, verschlafen und mit vollem Blasendruck durchs nasse Gras tappst.
Und sie schaffen es trotzdem, dich so zu erschrecken, als hätte dich ein Bär angeknurrt.

Enten-Fact:
Sie wirken harmlos… bis du deinen Toast aus den Augen lässt.
Dann verwandeln sie sich in organisierte, gefiederte Diebesbanden.
Und falls du glaubst, sie würden sich schämen – sie schnattern dir danach noch frech hinterher.

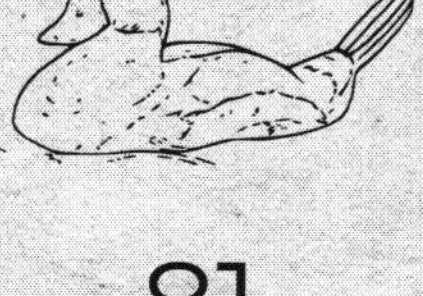

Mini-Dialoge: Mensch vs. Tier

Camper:
„Hörst du das Rascheln im Müll?"
Partnerin:
„Klar. Das ist pure Hoffnungslosigkeit in Fellform – vermutlich auf der Suche nach deinem letzten Keks."
„Und wenn er den findet, schließt er bestimmt noch den Kühlschrank auf."

Kind:
„Mamaaaa! Da ist eine Maus im Vorzelt!"
Mutter (genervt):
„Wenn sie zahlen kann, darf sie bleiben. Und wenn sie putzt, kriegt sie sogar Frühstück."
„Vielleicht übernimmt sie ja auch mal die Nachtschicht gegen die Mücken."

Opa:
„Ich hab beim Pinkeln gestern 'nen Igel erschreckt."
Nachbar:
„Der erzählt die Story jetzt auch gerade... live in seiner Igel-WhatsApp-Gruppe."
„Wahrscheinlich mit dramatischer Musik im Hintergrund."

Top 5: Die tierischen Camping-Störenfriede

Mücken – Die Dracula-Version für Arme, aber mit deutlich schlechterem Timing.

Ameisen – Die inoffiziellen Platzwarte, die jede deiner Brotkrumen als Bauantrag sehen.

Spinnen – Unfreiwillige Zimmergenossen in jeder Klokabine, die dich beim Geschäft kritisch beäugen.

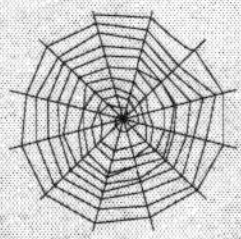

Waschbären – Kleptomanen mit Waschbärbauch, die deine Chips lieber behalten als waschen.

Igel – Die stachelige Abendüberraschung bei jedem Klogang, die so guckt, als hätte du ihn erschreckt.

Leser-Mitmach-Ecke:

„Und welches Tier hat dich mal beim Camping traumatisiert?“

Abschluss-Spruch

„Wer Camping liebt, liebt Tiere.
Wer Camping überlebt, liebt sie trotzdem.“
Oder wie mein Nachbar sagte:
„Wenn du nachts schreiend
durchs Vorzelt rennst… dann war’s entweder
eine Spinne – oder die Rechnung vom Campingplatz.“

Kapitel 13
Mini-Spiele fürs stille Örtchen

Ob Langeweile auf dem Klo oder Wartezeit vorm Waschhaus:
Hier kommt deine Rettung in Papierform – und zwar garantiert wasserdicht.
Denn wenn der Nachbar schon zum dritten Mal seine Kassette entleert
und du noch immer in der Schlange stehst, brauchst du dringend Ablenkung.
Von kniffligen Rätseln, die dich fast vergessen lassen, wo du sitzt,
bis zu kleinen Spielen, die sogar deine Sitznachbarn zum Lachen bringen –
hier ist alles dabei. Perfekt, um Wartezeit in „Spielzeit“ zu verwandeln.
Und keine Sorge: Du brauchst dafür weder WLAN noch Akkuladung –
nur ein bisschen Hirnschmalz und die Bereitschaft, auch mal über dich selbst zu lachen.

Camping-Bingo

Erlebnis	Erledigt?
In nasse Socken getreten	☐
Klopapier vergessen	☐
Mit dem Nachbarn über Wetter geredet	☐
Mückenstich am Hintern	☐
Zelt falsch aufgebaut	☐
Hund vom Nachbarn angebellt worden	☐
Grill angezündet – ohne Grillanzünder	☐
Nachts aufs Klo gestolpert	☐
Duschmarken verloren	☐
Waschbär gesehen (oder vermutet)	☐

Wenn du 5 oder mehr ankreuzt: Glückwunsch!
Du bist echter Camping-Profi... oder Pechvogel.

Spiel: Wer bin ich? (Camper-Edition)

Anleitung:
Rate die Lösung – oder stell dir vor,
du bist selbst gemeint

Ich stehe meist im Weg, bin aber unverzichtbar.
Ich kann zusammenklappen... aber niemals
von selbst aufstehen.

→ Lösung: Campingstuhl

Ich sorge für Romantik... oder für
verbrannte Würstchen.
Ich knistere gern – aber nie pünktlich.

→ Lösung: Lagerfeuer

Ich bin klein, laut... und meine Hauptaufgabe
ist es, dich nachts wach zu halten.

→ Lösung: Mücke

Spiel: Wort-Cluster
„Was gehört NICHT dazu?“

Schlafsack – Isomatte – Luftmatratze – Spülkasten

Richtig: Spülkasten (Wenn der im Zelt liegt... hast du ein größeres Problem.)

Hering – Zelthammer – Vorzelt – Kartoffelsalat

Richtig: Kartoffelsalat (Es sei denn... du hast sehr kreative Campinggewohnheiten.)

Grill – Kohle – Gasflasche – Zahnbürste

Richtig: Zahnbürste (Bitte nicht verwechseln!)

Klopapier-Sudoku Light

Fülle jede Reihe und Spalte so, dass jedes
Symbol nur einmal vorkommt:
Klopapier: O
Toilette: I_
Lagerfeuer: ^

Camping-ABC

A	Ameise
B	Bier
Z	Zelt

Abschluss-Spruch

„Wenn du auf dem Campingklo spielen kannst…
dann hast du das Leben verstanden.
Denn wer sogar im kleinsten Raum Spaß findet,
hat überall gute Laune – egal ob bei Regen, Wind oder
Klopapier-Notstand. Manchmal reicht schon ein Rätsel
oder ein kleines Spiel, um aus fünf Minuten zehn zu
machen – zur Verzweiflung
der Warteschlange vor derTür.
Das ist die wahre Kunst des Campings: Improvisieren,
Lachen und den Moment genießen. Oder wie Dieter
sagt: „Wer spielt, bleibt länger sitzen…
und wer lacht, spart sich das Fitnessstudio fürs
Bauchmuskeltraining.
Außerdem: Wer lacht, hat schon gewonnen – selbst,
wenn er das Kreuzworträtsel verliert.“ Also: Enjoy Life –
egal ob auf der Sonnenliege, am Lagerfeuer oder
eben…
auf dem stillen Örtchen, wo die besten Ideen
entstehen.
Manchmal ist genau dort der Ort, an dem wahre
Campingweisheiten geboren werden.

Enjoy
Life

Bonus-Kapitel
Kulinarische Katastrophen

Du dachtest, es geht hier nur ums Klo?
Falsch gedacht. Jetzt geht’s um die zweite große Camping-Disziplin:
Kochen mit wenig Zutaten, viel Improvisation… und noch mehr Humor.
Denn wer schon mal versucht hat, in einem Topf gleichzeitig Nudeln zu kochen, Soße zu rühren und dabei Mücken abzuwehren,
weiß, dass Campingküchen eigene Gesetze haben.
Hier wird aus einer Dose Ravioli ein „Gourmet-Menü“
und aus einem angebrannten Pfannkuchen eine „Rauch-Infusion“.
Das Beste daran: Selbst wenn das Ergebnis ungenießbar ist,
wird es am Lagerfeuer trotzdem gefeiert –
denn beim Camping zählt nicht der perfekte Geschmack,
sondern die Geschichte, die man danach erzählen kann.
Und manchmal ist genau diese Geschichte besser als jedes Dessert.

Rezept 1: „Dosen-Ravioli Deluxe“

Rezept 1: „Dosen-Ravioli Deluxe“

Zutaten:
• 1 Dose Ravioli (irgendeine... wir sind hier nicht bei Jamie Oliver)
• 1 halbe Zwiebel (optional... fürs gute Gewissen)
• Ketchup (für den Extrakick... oder aus Verzweiflung)
• Streukäse (wenn noch was im Kühlschrank lebt)

Zubereitung:
1.Zwiebel klein schneiden. Weinen.
2.Alles zusammen in den Topf werfen.
3.Mit Ketchup übertreiben.
4.Auf lauwarm erhitzen... weil die Gasflasche eh fast leer ist.
Käse drüber. Deckel drauf.
5.Fertig, wenn's blubbert... oder wenn du zu hungrig bist, um zu warten.

Serviervorschlag:
Direkt aus dem Topf essen. Spart Abwasch. Und Würde.

Rezept 2: „Das legendäre Camping-Frühstück – á la Resteverwertung“

Rezept 2: „Das legendäre Camping-Frühstück – á la Resteverwertung“

Zutaten:
• 3 Eier (oder 2... oder 1... oder gar keins... je nachdem, was noch da ist)
• Rest vom Grillabend: Wurst, Fleisch, Paprika, Zucchini... völlig egal
• Toast oder altes Brötchen
• Salz, Pfeffer, Mückenspray (nur für außen!)

Zubereitung:
1. Alles, was essbar aussieht, klein schneiden.
2. In die Pfanne hauen.
3. Eier drüber.
4. Umrühren bis es nach „geht noch“ aussieht.
5. Toast antoasten... oder in der Pfanne mitbraten.
6. Mit Pfeffer und einer Portion Hoffnung würzen.

Serviervorschlag:
Mit Kaffee trinken... am besten stark.
Und: Vorher den Campingkocher auf stabile Füße stellen.

Rezept 3: „Notfall-Toast á la Campingplatz“

Rezept 3: „Notfall-Toast á la Campingplatz“

Zutaten:
- 2 Scheiben Toast (egal, wie labbrig)
- 1 Packung Schmelzkäse (weil echter Käse Luxus ist)
- 1 Scheibe Salami (optional... oder 3, wenn es keiner sieht)
- Butter (wenn noch nicht ranzig)
- Ein Hauch Hoffnung

Zubereitung:
1. Toast aus der Packung ziehen, Schimmel ignorieren.
2. Butter auftragen – egal wie dick, Hauptsache der Löffel hält stand.
3. Schmelzkäse draufklatschen, Salami dazu
4. In der Pfanne braten, bis es aussieht wie Essen.
5. Fertig, wenn’s knistert... oder wenn du Hunger nicht mehr aushältst

Serviervorschlag:
Direkt aus der Pfanne essen – spart Abwasch. Und Tischmanieren.

Rezept 4: „Instant-Nudel Gourmé“

Rezept 4: „Instant-Nudel Gourmé“

Zutaten:

• 1 Päckchen Instant-Nudeln (Überraschungsgeschmack)

• Heißes Wasser (oder lauwarm)

• 1 Ei (optional, wenn's nicht nach Huhn riecht)

• Kräuter (seit 3 Sommern im Gepäck)

• Liebe (aber nur Deko)

Zubereitung:

1. Wasser kochen – oder so tun.
2. Nudeln in den Topf werfen, Beutelinhalt (Pulver des Vertrauens) dazu.
3. Ei reinschlagen, schnell umrühren, damit keiner merkt, wie es aussieht.
4. Kräuter drüber, als wär's gesund.
5. Fertig, wenn's nicht mehr knuspert.

Serviervorschlag:

Im Topf löffeln – weil der Teller eh schon draußen im Regen steht.

Abschlussgag

„Camping-Kochen ist wie Camping selbst:
Nicht schön. Aber unvergesslich."
Oder wie Dieter sagt:
„Wenn keiner eine Lebensmittelvergiftung bekommt,
war's ein Erfolg!"
Und wenn doch – dann hat man wenigstens einen
Grund,
den restlichen Urlaub im Liegestuhl zu verbringen.
Schließlich ist es egal, ob man vom Grillen oder vom
Gaskocher kommt –
Hauptsache, die Mücken haben auch was davon.
Im Zweifel wird das angebrannte Abendessen
einfach in „rustikale Röstaromen" umbenannt
und der verkohlte Topf zum neuen Dekoelement vorm
Wohnwagen erklärt.
Denn eins ist sicher: Geschmack vergeht,
aber eine gute Camping-Kochstory bleibt für immer.

Kapitel 14
Poetisch aufs Pott gesetzt – Reime

Wenn Goethe Camper gewesen wäre…
hätte er vermutlich genau das hier geschrieben.
Vielleicht hätte er am Lagerfeuer gesessen,
den Blick auf einen leicht schiefen Wohnwagen
gerichtet,
und dabei Verse geschmiedet,
die nach Rauch, nassen Socken und Abenteuer rochen.
Anstelle von Balladen über Werther oder Faust
hätte er womöglich Gedichte über Mücken,
über den endlosen Weg zum Waschhaus bei Regen
und über die große philosophische Frage geschrieben:
„Ist das Rauschen im Gebüsch der Wind… oder was
Lebendiges?“
Zwischen Grillwurst und Thermoskanne
wären seine Worte zu wahren Camping-Oden
geworden,
voller Pathos – und mit einer Prise Sand im Papier.
Denn auch ein Dichterfürst muss im Urlaub
manchmal mit Klopapier unter dem Arm laufen.

Klo-Reime für zwischendurch

Hier sitz ich nun und drück
mich sacht,
hab über Camping nachgedacht.
Die Mücken stechen,
der Regen fällt,
doch trotzdem lieb ich diese Welt.

Die Klopapierrolle –
mein bester Freund,
auch wenn sie sich zum Ende neigt.
Ich dreh und zieh, was das Papier
hergibt,
solange, bis kein Fetzen mehr übrig ist.

Am Lagerfeuer, spät und heiter,
sitzt die Runde, trinkt noch weiter.
Doch irgendwann, das ist kein Scherz,
drückt plötzlich sehr der Magen...
Schmerz.

Reime über Camping-Fails

Das Zelt war schief, der Boden nass,
die Heringe? Ein einzig Spaß.
Doch trotz des ganzen
Regenwetters,
lacht man beim Frühstück
umso netter.

Strom war weg, der Grill blieb kalt,
das Bier war warm,
die Stimmung schallt.
Doch Camper bleibt, was Camper ist:
Er lacht, auch wenn
das Fleisch noch roh ist.

Die Mücke surrt, ich schlag daneben,
sie macht aus Camping
„Wildes Leben“.
Am Ende steh ich juckend da...
und frage mich: „Warum nur... aaah!“

Klokabinen-Poesie

„Wer hier sitzt und Zeitung liest,
der weiß genau: Hier riecht's wie's ist."

„Hier sitzt man still, hier denkt
man viel, und manchmal
landet auch ein Spiel."

„Ob Camper, Zelter, Wohnmobilist –
auf diesem Thron sind
wir alle gleich... und Mist."

„Wenn du hier liest, dann sitz du fest –
drum wünsch ich dir:
Viel Spaß beim Rest!"

Bonus: Leserreim zum Ausfüllen

Beginn:
„Hier auf dem Klo, da sitz ich nun…“

Kapitel 15
Und jetzt... bitte spülen! – Abschied

Und jetzt... bitte spülen!

Na, hast du's tatsächlich bis hierher geschafft?
Dann bist du offiziell: Klo-König*in der Campingplätze!
Du hast gerätselt, gelacht, gestaunt – und vielleicht
ein bisschen zu lange auf dem Klo gesessen.
(Keine Sorge. Das macht hier jeder.)
Aber wie bei jedem Campingurlaub gilt:
Irgendwann ist auch das schönste Geschäft mal
erledigt.
Was bleibt?
Ein paar unnütze Fakten mehr im Kopf,
ein paar Lachfalten mehr im Gesicht,
und hoffentlich noch ein Blatt Klopapier in der Nähe.
Und falls nicht – zumindest hast du jetzt Ausreden
genug,
warum das gar nicht so schlimm ist.
Mach's gut, bleib sauber –
und vergiss nie:
Ein Camper ohne Humor ist wie ein Wohnwagen ohne
Klopapier.
Oder wie eine Campingdusche ohne warmes Wasser:
technisch vorhanden, aber keiner will's erleben.
Bis zum nächsten Stuhlgang!

Deine Meinung zählt!

Ich würde mich sehr darüber freuen, wenn du dein Feedback
zu “Lustiges Klobuch für Camper”
teilen würdest.
Deine Bewertung ist wirklich von unschätzbarem Wert,
dass mir ermöglicht weitere lustige Bücher zu veröffentlichen.

<u>Um dein Feedback zu hinterlassen:</u>

1. Öffne die Kamera-App.
2. Zeige mit deinem Mobilgerät auf den QR-Code.
3. Die Bewertungsseite wird in deinen Browser erscheinen.

Impressum

Independently published
Waldemar Jungmann, Laubstiege 5, 48599 Gronau
978-3-69160-003-2
wjungmann91@web.de

Printed in Poland
by Amazon Fulfillment
Poland Sp. z o.o., Wrocław

54952855R00061